Antônio Carlos Lopes Petean

PÁSSAROS NOTURNOS

O preconceito é um fardo que confunde o passado, ameaça o futuro e torna o presente inacessível.

Maya Angelou

PRIMEIRO ATO

a dor da solidão negritude

"Ninguém alguma vez escreveu ou pintou, esculpiu, modelou, construiu ou inventou senão para sair do inferno."

Antonin Artaud

Invisível mundo negro

No parque...
há corpos encenando sincrônicas exibições
Como malabaristas do ego
eles correm, bailam, exercitam seus músculos
Não se esbarram, inflam e se auto admiram
Não invejam e invejam
São corpos masculinos
                    ou femininos
que cegamente padronizados
                    robotizados e automatizados
se valem de ações (ego) teatrais para serem vistos e
                                        [admirados
No parque...
a carne branca (narcisicamente) bem alimentada e
                                        [talhada
                                        está exposta
enquanto ao longe, não muito distante,
um corpo negro recolhe os restos
dos banquetes desses corpos que se (auto) admiram
fazendo das suas eternas exibições
                              seletivas vitrines
nessa inóspita terra
                              onde antigas cenas se
                                        [perpetuam
para o deleite da moderna Casa-Grande
                              que ainda nutre
impávidos e boçais desejos herdados de suas avós

No parque...
corpos negros e corpos brancos se entrecruzam
nesse imenso latifúndio de desencontros e
[invisibilidades
onde seculares projetos-dejetos (higienizantes)
[agora tecem teias
algorítmicas
sem meias palavras

Lar-prisão

Lembre-se que essa prisão domiciliar e imaginária
sem grades e sem portas de aço
que agora te socorre, blinda e preserva
é aquilo que te salva
Então sorria negro
Festeje
Regurgite tudo
Retire de si essas transatlânticas mordaças
e com seu grito de revolta e dor
dance ao som dos agogôs
nos terreiros
ou entre paredes entristecidas
que te abrigam
Afinal... essa é a masmorra
que te blinda
nessa
tecnológica vida virótica
onde o maestro
sem nenhuma empatia com a tua dor
te quer invisível

Antídotos

Nesse momento o que me salva
são as recordações,
as antigas lágrimas
que derramei,
que seguem alojadas no meu longínquo passado.
O que me salva são as esparsas lembranças das
[fogueiras
que alimentavam e realimentavam as noites vazias
que dialogavam com aquele meu corpo
que mesmo destroçado
emanava bizarros sonhos
São lembranças que se converteram em ácidos
[antídotos
cujos efeitos
rarefeitos
agora
protegem-me
O que me salva são envelhecidas lágrimas
Quanto as novas?
As transformarei em novas metáforas que me sirvam
[de antídoto
para que minha alma solitária e aflita
não naufrague outra vez
nas brutais e gélidas noites
que atrevidamente insistem em
[castigar-me
Por isso
resisto

insisto
e converto em xilocaína ou morfina
as salgadas gotas
que habitam meu ser
                    e que constantemente desabitam dos
                                                        [meus olhos

Palavras que brotam

As palavras que brotam nessa taciturna noite
nasceram do seu delicado rosto
nasceram de nossas trocas férteis
nasceram da imagem que guardo dos teus olhos
dos teus tristes lábios
                        da cor da mais bela flor
que se contrapõe a todos os cálculos e preceitos
que agora fazem morada nos mais duros e dialógicos
                                                [corações

As palavras que brotam nessa fria noite
que respingam nessas folhas
são oriundas das refinadas lembranças que guardo de ti
que seguem ignorando todos os conceitos
gerados por essa corrosiva distopia
                                        que não respeita sonhos
                                        zomba de nós
                                        usurpa nossos desejos
que censurados
pelas masmorras de outras utopias
acovardados permanecem

Enfurecer

nem todos os assentamentos
        e nem todos os búzios
        poderiam prever
        que nesse mundo atroz
        em meio a fúria de corpos
        onde bárbaros agora reinam
                        uma primavera se revelaria
alegrando meus céticos e distantes olhos

por isso
no seio desse pântano
sigo camuflado e vestido de isolamento
para drenar os desejos mais febris
que evaporam do meu corpo errante

por isso
sigo blasfemando e amando
sabendo que esse meu velho corpo
que não me obedece mais
insiste em aflorar
o mais doce e ferino orgasmo

por isso
escrevo
escrevo confinado
            sublimando
            fantasias e alegorias

e convertendo o meu quarto na cela 5
a cozinha na cela 6
o banheiro na cela 8
onde o desejo se materializa e se despede
com um simples toque na válvula da descarga

Implacável

O tempo
lentamente se converte numa mordaça
Converte-se na nossa mais atroz prisão
dialógica
Ele nos atropela e nos condena ao isolamento
Às vezes se apresenta veloz feroz e fictício
Às vezes se revela atroz
voraz
implacável
Ele possui sua própria lógica
seu andar retilíneo
que lentamente
transforma-se na mais mortal de todas as razões
ao imolar nossos sonhos
Vagarosamente ele destrói nossas ilusões
enclausura nossos desejos
censura nossa libido
soterra tudo no mais árido solo
onde não há retorno
nem mesmo um sorriso
ou um novo flerte que arrebente as
[muralhas
imaginárias que forçosamente
[construímos
e que nos debilita e nos isola
decretando os limites e as fronteiras
[dos nossos passos
O tempo não dialoga

não nos oferece escolhas
Ele simplesmente diz e de forma silenciosa
que a vida vai se tornando bem menos
[glamorosa
que uma molécula
que isolada
habita um lugar
onde os prazeres não existem
O tempo não dialoga
Implacável... ele lentamente deixa seu recado
nos alertando que a vida se tornará nauseante
e que as reações provocadas pelos encontros
não mais existirão
nem inspirarão
O tempo não dialoga
mas nos condena ao ostracismo
ou um novo reino
onde os amores serão impossíveis
e os desejos trêmulos e taciturnos
[serão apenas ilusões da vaidade
de velhos poetas com suas
[mãos diluvianas
O tempo não dialoga
mas nos condena ao esquecimento frio
[de uma mesa de bar
e nos lança rumo ao mais inequívoco
[abismo
dizendo chega!
ou gritando *The End*
para o deleite de todos os ascetas idólatras e amantes
[dos conceitos.

Os lábios na quarentena

Acordo numa manhã fria
Olho para um lado
Olho para o outro
Então olho para o espelho
Ele me diz para sair
Coloco uma máscara
Uma máscara de *grife*
Com ela...
Visto-me de coragem
Saio e não deixo que outros corpos me rastreiem
Por isso... apago minhas pegadas
Corpos se aproximam e eu desconfio deles
                                        e eles de mim
Agora só os olhos sinalizam
            o que antes os lábios desejavam
Só os corpos que não estão mortos reconhecem os
                                        [sedutores olhares
Não sei dizer
Por isso
Sigo pela rua orando
implorando para que todos os lábios escondidos
            possam ir além dos desejos
            que agora reprimidos
            nada prometem
            nada mentem
            nada sonham
Sei que o pântano que se mostra no horizonte
            não admitirá flertes

não dirá sim ao roçar e desabrochar dos
[corpos
Ele nos distanciará
Não permitirá ir além
Então...
Embriagado e aguardando o novo real viral
não ouso pedir socorro
e enterro-me numa vala de versos

Com o rosário na mão

Já é noite
Olho através da janela e reconheço esse minuano
Ele sopra furioso
Observo que não há corpos trafegando
Porém
há mortos
Há seres decaídos
Distraídos e automatizados

Há muitas covas rasas
e uma bruma espessa que encobre os corações frios
que se ocupam dos cálculos milimétricos
que não aceito

Então fecho a maldita janela
Volto ao repouso
Não ousarei abrir portas
Seguirei quebrando meus espelhos
para não me reconhecer
trêmulo
com esse analógico rosário nas
[mãos

Amanhã

Amanhã ninguém virá para o jantar
Amanhã não haverá jantar
Amanhã não haverá o amanhã
E o hoje... será um frio e eterno amanhã
E o amanhã...oras, será um frio e eterno hoje
Hoje ou amanhã não importa
Não ouso mais
Desobriguei-me da espera
Desobriguei-me da culpa
Desobriguei-me apenas
Mas sigo em quarentena até amanhã ou depois
sempre desobrigado e abrigado de mim mesmo
ou eternamente em repouso
                    para não sentir o tempo
escorrendo além daquele customizado pelourinho
                              e dessa terceirizada janela
                                                  [high tech

Novo mundo

Vírus
cibernético
Virótico
mundo panóptico
Disseram
adapte-se ou morra
só não peça socorro
Porque
Não existirão ouvidos
Não existirão olhos para ti

E nesse novo mundo anunciado sem verso e sem prosa
por *fakes* viróticas e panópticas
que rivalizam com o HIP HOP
nos quatro cantos e recantos,
proteja-se negro!

Pandemia

No fim...
Quantos serão os mortos?
Quantas serão as lágrimas?
Quantas serão as ladainhas?
Quantos serão os negros corpos
                    que seguirão em cortejo
                    rumo ao reencontro da mãe África?
Mãe
que chora ou ignora
do outro lado do Atlântico
as dores dos filhos de Oxalá
                  que tanto lá como cá
estão sendo imolados no mesmo terreiro sem fim
(agora digital)

Prisão

Nessa eterna quarentena
Alimento-me
De versos
De reversos
De convexos
E não converso

Nessa eterna quarentena
Que me desalinha
Deixando-me no limiar
Dessa linha
Que não ultrapasso
Ou ultrapasso
Penso
Logo surto
Ou
Surto
Logo inexisto
Mas insisto
E teclo até o amanhecer
Digitalizando meu corpo

Negritude na quarentena

Primeiro raptaram
Depois contrabandearam
Depois comercializaram
Depois escravizaram

Agora pisam
No teu corpo negro

Mas...
    negritude não é beatitude
Não...
    negritude não é beatitude
Então se rebele negra Nagô!
Mas não demore
                nem dê mole
nessa nova encruzilhada racial
que fora programada nas distantes e sexualizadas sesmarias
onde teu corpo era ofertado.

Pés

Nada de calçados
pois o sinhô não permite
Nada de comer as frutas do pomar
pois a sinhá não gosta!
E nada de nadar no açude do sinhô compadre
pois os peixes não engordam
Então...
    de nada em nada que lhe coube
    só lhe restará AQUILOMBAR-SE
    ou invadir o lar do patrão
Viu!
seu impertinente e mandingueiro nego fujão!
sempre confinado nas quarentenas
de outras senzalas
Mas tu chegaste até aqui!

Um balaço, depois de tudo.

Calado e amordaçado ele recolhe os restos
Que são esses e todos os demais restos
que poderiam alimentar a sua
[família
No mesmo instante...
Em outro local do mesmo parque...
Porém não muito distante...
um grupo tira fotos e todos se mostram
Sorrisos e sorrisos complementam os brancos corpos
As poses são as mesmas
os sorrisos também
e todos se esforçam para...
Eu também me esforço e o catador também
Afinal é mais uma tarde na qual os restos visíveis
são recolhidos por um corpo negro invisível
que não sai em fotos sociais
mas que está sempre presente
em sinistros boletins das nossas "enegrecidas" páginas
[midiáticas
Páginas que não se cansam de reproduzir antigos
[enredos
que retratam miseráveis corpos
[negros
tombando dias e noites nas vielas
[e favelas
abatidos pelo cansaço ou por um
[balaço!
(mas sabedores de suas sinas...)

Primeiro censuraram Bach, depois Pixinguinha

Pontes ruíram
Corpos foram partidos
Noites foram destroçadas
Dias foram necrosados
Margens ruíram
Migalhas foram varridas
Seivas secaram

Então corações foram varridos
Versos foram partidos
Todos se embruteceram

Agora amanhecem jogando games
Dormem sonambulantes
Sonham com carreiras sobre pratos espelhados
Tatuam obeliscos em braços esféricos
E desconhecem antigos acordes

Dizem que faz muito tempo
Mas muito tempo...
Que jogaram a toalha no rosto de Bach
Que censuraram Pixinguinha
E não entendemos como
(e por isso perdemos o sono)

Na quarentena

Sentado à beira da cama
olho para um céu encoberto por cinzas
Ele sangra fuligens
Ele despeja suas lágrimas negras
sobre essa floresta de edifícios
                    que me sufoca
Nele... há um sol avermelhado e entristecido
que ainda respira
        e busca refúgio
Ele resiste e lacrimeja
Ruge assim como eu
Mas não me entrego ao desespero
Insisto revirando os lençóis
                procurando o meu desejo
                que fora sequestrado
por um sujeito oculto
que contamina o cotidiano
                estancando meus sonhos
Da janela...
observo vários vírus
que orgulhosamente irados
                        marcham armados de ódio
Da janela...
encaro
entes customizados
                    que se retroalimentam
Da janela
desnorteadamente

procurando forças para erguer-me
sinto o cheiro dos corpos que foram censurados
e abandonados à própria morte

Da janela...
observo que eles continuam orando
mesmo sendo dizimados
por um DEUS EX MACHINA
que reina apenas no estridente silêncio dos salões
Da janela...
observo seres
alimentados pelo desencantamento do mundo
por isso sigo armado com palavras
resistindo e insistindo
em poetizar
muito além e aquém desse imortal e mortal
sujeito oculto

Mulheres Negras

Mulheres negras
Sempre notadas e sexualizadas!
Desejadas pelos seus encantos corporais
e por sua negra pele
elas disfarçavam suas tristezas
Sempre notadas!
elas sabiam que eram animalizadas por homens
que desejavam apenas alguns favores
que um dia seriam desprezados
pois o tempo
condena todas ao esquecimento
ou ao descarte
que nasce
de forma religiosamente mundana
Sempre notadas...
elas sabiam da efemeridade
imposta pelo tempo
que desencadeia o desencanto
dos senhores

Desejos brancos
que evaporavam e condenavam as mulheres negras
ao esquecimento
quando seus antigos encantos
desencantavam os "filhos de Apolo"
que sarcasticamente juravam
depois de pularem de leito em leito

Outro catador

Ele é apenas mais um catador de restos indigestos
com seu corpo negro invisível
em meio aos corpos que se fazem visíveis
num final de tarde como todos os outros
Um final de tarde nebuloso
                caudaloso e inexpressivo
                que não lhe permite sonhar
Um final de tarde mudo como ele
                que nada ousa e nem alimenta
nobres versos de revolta e nem se importa
                que ao seu redor
        brancos corpos estejam sorrindo
  ou se abrindo às múltiplas contaminações digitais

Alforria

Mais um dia frio
Mais um dia
Mais um dia sabotado
Afinal são todos iguais
Por isso alforriei-me dos sonhos
Desses grilhões que alimentam ilusões inatingíveis
que involuntariamente realimentam
[o sofrimento
Mais um dia frio
Mais um dia de quarentena
Mais um dia
E lamento que amanhã
será mais um dia frio e frívolo
Nele...
procurarei sobreviver
apenas embriagando-me de realidade
Por isso alforriei-me dos sonhos
Desses últimos grilhões que realimentam ilusões
E agora livre...
enfim liberto...
teatralizo minha liberdade
para não morrer de tédio nesse teatro vil e absurdo
Mais um dia frio
Mais um dia de subterfúgios
Mais um dia
Porém...
Alforriado e liberto dos sonhos e do frio
seguirei encenando para não sucumbir ao tédio

que encobre meu corpo
sufocando minhas raízes

Imaginando

Hoje estive imaginando
Dialogando com o querer
Então sigo não sabendo
se errei
ou se morrerei
adormecido em teus lábios
Porém...sigo imolando-me
imaginando teus seios
flertando com meus olhos errantes
e marejados
Sigo sonhando
com o despertar do teu corpo
É isso
Apenas isso
Então volto para cama com minhas entranhas
descobertas
que saltam do meu corpo
Mas antes...
retiro minhas diurnas e noturnas máscaras
e as deposito junto ao rosário
onde jazem minhas fantasias
E
tu
(ai)
faças o mesmo
mas permita que minha imaginação continue fluindo
nesses dias de aprisionamento seletivo e
[computadorizado

Odisseia

Faminto...
caminho tarde da noite
enamorando e fotografando árvores
Observando como estão secas
retorcidas
famintas
iguais aos corpos indefesos
que dormem nas inúmeras sarjetas
nesses leitos invisíveis
desses imundos e irascíveis covis urbanos
Faminto...
caminhando tarde da noite
pelos becos desertos e pelas ruas e bares
sigo matando minha sede
em leitos desconhecidos
Faminto...
Pergunto onde pousar meus versos
Mas os corpos...
assim como as árvores...
revelam-se secos e retorcidos
E sempre faminto...
espero as aves migrarem
e demarcarem um novo caminho
para que o meu corpo
com a minha permissão
migre para o ventre d'África

Pássaros noturnos

é noite...
percorro a cidade
observando que ruas nuamente vazias
entristecidas e caladas
foram colocadas para dormir

não as estranho
eu as conheço e reconheço
já convivi com estes paralelepípedos
com essas imundas sarjetas
com esses banheiros fétidos
com esse silêncio

nenhum corpo
nenhum sorriso
mas a cidade que fora colocada para dormir
espreita através de grossas paredes e
[janelas

nas ruas vazias há apenas corpos embriagados
deixados à própria sina
que seguem o próprio cortejo

são pássaros noturnos como eu
que gorjeiam frases incompreensíveis

imundos...
voam

espreitam as estrelas
reviram lixos
para depois depositam seus vômitos nas ásperas
[calçadas
e sabendo o que me resta
repousarei meus sonhos e meus incompreensíveis
[fetiches virtuais
nessas imundas sarjetas

Resultado

Não durmo
As dores aumentam
Irradiam pelo meu corpo
Causam insônia
Então
Saio da cama
Abro a janela
E observo ruas vazias
Mudas e melancólicas
Então desvio o olhar
Olho para céu
E observo que ela me olha
Com seu jeito minguante
Às vezes crescente
Porém minha vontade é abraçá-la
Mas as dores aumentam
Reverenciando a incerteza
Então a fotografo e fecho a janela
Antes que o pior aconteça
Mais um instante e...
Resta-me voltar para o leito
Abraçado à insônia
Que flerta apenas com esse mundo digital
Pois é o que me resta

a solidão em êxtase dialógico

"As grandes dores são mudas"

Khalil Gibran

SEGUNDO ATO

Repouso

passei horas procurando esquecer
passei horas dormindo e sonhando
soluçando e embriagando-me
para acordar aqui
escrevendo sobre minhas dores
...afinal ninguém escreve algo de profundo e profano
se não for no breve intervalo entre o sonho e aquela
[fértil dor
que nos arranca do repouso digital
que por ora faço dela meu último pouso

Empatia

Empatia não nasce com a idade
nem com a saudade e muito menos com a amizade
Empatia é aquela afetiva cumplicidade
que atravessa todas as estações do ano
e nos cimenta como se fôssemos um
Daí que a empatia não se constrói com reza forte
Empatia é eu e tu, tu e eu, dentro de nós dois
Empatia é esse nosso todo
construído com nossos singulares
que estão a festejar como se fôssemos um

Autorização

só deveria ter autorização para ser alcoólatra
aquele que vive na mais completa solidão
aquele que a própria morte o alegrará não deixando
[saudades
nem provocando lágrimas de despedidas ou lamúrias
somente esse deveria estar autorizado a ter uma nobre
[vida etílica
e como preencho os requisitos...
ando pelas ruas nas noites frias
procurando bares melancólicos
onde encosto nos balcões que conheço e padeço a cada
trago bem vivido
tendo como única companhia alguns corpos
desconhecidos e algumas doses
que, às vezes, amanhecem ao meu lado

Clausura

É a última dose de gin
O último gole
O último reduto da alegria que beberei
Depois tentarei dormir
Imaginando mil pecados
Que seguirão enclausurados
Afinal estas paredes são algemas
Imperceptíveis aos demais seres
Abduzidos por telas multimeios

Orgasmo

orgasmo não tem cor
nem pudor nem etnia
orgasmo desentristece/rejuvenesce
tem um doce odor um doce sabor
orgasmo implanta a alegria
desfazendo a melancolia
por isso
espantando a dor e a agonia
orgasmo é pura alta voltagem
que brota do roçar de dois corpos
momentaneamente desencapados
por isso
não quero cobrir o meu corpo
com alegorias
ou
insossas fantasias digitais

Mudo

Não ouço
Não falo
Não grito
Apenas
Desfaço-me
Refazendo-me em sonhos
Onde teus lábios musicais estão presentes
Onde eu gostaria de naufragar mudo
Até o próximo anoitecer analógico-dialógico
Ou quem sabe... Ilógico

Sou

sou niilista
para não ser romântico
sou este ser
e este não ser
que um dia
desejou teu ser
sem que tu soubesses
ou quisesse
mas me perdoe
pelo atrevimento

Se é que há perdão para tanto querer...

Formas

os escultores
são mais felizes que os poetas
pois eles têm acesso
às belas formas
enquanto as palavras
só descrevem as belas almas
incompreensíveis
aos seres automatizados

Entalhes

Dionisiacamente diante de ti
Sei que o meu encantamento
Tem origem nos seus inúmeros detalhes
Nesses entalhes
Bem-feitos
Que figuram explícitos em ti

Aroma

Amo recordar o cheiro da tua intimidade
porque resta-me esta última sensação
que em outros tempos desacordava meu falo
impregnando meu corpo
que desperto orava sem descanso
diante da tua impudica puberdade

Naufragávamos sem remorso e sem dor
Expulsávamos os temores e os juízos
Os valores e os pudores

Tu enlouquecias e me enlouquecia
com aquele ritmo ora compassado ora
[descompassado
que se revelava no bailar sincrônico dos nossos
[corpos
que por ora... não desejo esquecer

Por isso amo recordar o cheiro da tua
[intimidade
pois somente ele será capaz de enebriar-me
nos dias multiversos que me restam

Tormenta

Existem tormentas nas palavras
salpicadas de estremecimentos e encantamentos
que brotam e florescem das ilusões nuas e
[tardias
que são realimentadas nas noites de insônia

Lentamente as tormentas se metamorfoseiam
[em versos
que serão lançados nas inúmeras folhas em
[branco
guardiãs de convulsões inebriadas

Porém, lentamente as tormentas se
[transformarão numa mera lembrança
que nos castigará de forma impiedosa
apagando e flagelando as palavras que nunca
[romperam trincheiras
e que nunca se arriscaram além de algumas
[pobres folhas
que o tempo irá corroer ao som de modernas e
[monológicas chibatas acadêmicas

Repouso

Meu repouso?
Sei lá!
Meu coração quebrou
o trem de pouso
Por isso sigo planando
e digitalizando
sentimentos inconfundíveis
sentimentos sedimentados

Defesas partidas

quando as defesas se rompem
quando a serenidade se revela frágil
e todas as muralhas construídas
revelam-se movediças
é sinal de que estou nu
é sinal iminente do perigo
é sinal de que necessito
encontrar um bunker
onde eu possa me refugiar
afastar o peso excessivo
do desejo que nutro por ti
que se tornou um fardo tão atroz
como aquele do velho Prometeu
que mesmo acorrentado gritava de dor
por não suportar o castigo imposto pelos deuses
que invejosos e tementes da sua força corruptora
o condenaram
esfolando todas as epifanias

Anonimato

o poeta é aquele ser que sangra no anonimato
não revela a origem das suas dores
preserva seus pudores
e continuamente se culpa
mas pede desculpas
dizendo-se aliviado
pois sabe que as dores são como raios
depois de torturantes e alegres trovoadas

na madrugada ele acorda
vira de lado e sonha
e não se importando com o próprio anonimato
encolhe-se
sabendo que irá ouvir os mesmos rugidos
de conhecidas nuvens se chocando

depois sangra e se felicita
ama e desama
esculpindo novas e velhas palavras no escuro do
[seu velho quarto

Insubmisso

insubmisso
ainda resisto e insisto
em escalar muros
sabendo que essa tal empatia
é mais forte que a simpatia
e que a paixão
é a única emoção não durável
que desejamos que dure
enquanto o resto não passa de um reles
[matrimônio
que com o correr do tempo
se converterá num burocratizado demônio
digitalizado entre quatro paredes

Espinhos benfeitores

No meu corpo há cascos
Há hastes de aço
Há um solo de areia
onde nascem espinhos de ferro
que amparados por um duro olhar
me protegem dia e noite
Como guardiões, essas eternas barreiras,
não permitem que os sonhos atravessem
nem que novas ilusões façam morada
nesse meu corpo que outrora sorria
[impertinente
Como guardiões...
cascos
espinhos
cimento
e hastes de aço
dão o tom do meu humor
dão o tom da minha anárquica loucura
dão o tom da minha autocensura cardíaca
que me sufoca há anos

Sabe?

Sabe quando não acreditávamos?
Mas agora tudo é possível
Tudo é crível
Menos a satisfação
E quanto a aberração...
É crível
É possível...
Por isso evito olhar pela janela

Detalhe

já fiz poesia enaltecendo teus cabelos
teus lábios
teus brincos
teus olhos
e agora só me resta passar a borracha
e começar tudo de novo
de trás para frente
sempre em linha reta
e sem descuido cuido
para não me esquecer de nenhum detalhe

Palavras

Ouvi, mas cabe a você dizer algo
Então! fiquei em silêncio por horas
Creio que ela compreendeu minhas palavras
Pois se afastou rapidamente
Sem nada dizer
E só o barulho dos passos rápidos
Revelavam a pressa em partir
E como lembrança...
Nem um último olhar
Nem palavras agressivas
Apenas o eco do silêncio
E o som das lágrimas se chocando com os
[ladrilhos

Sorvete

Agora vamos ao nosso sorvete
Frieza por frieza
Prefiro o de sutilezas
De sabor inconfundível

Combinação

Não há combinação mais perfeita:
Uma garrafa de vinho
Palavras e palavras
E no fim...
Um poema
Algumas lágrimas
Quem sabe dizer?
Porém...
Um dilema
Outro poema
Enfim...
Nada a dizer
Depois...
O derradeiro gole
E a noite continuará fria
Como esse tablet

Momentos de guerra

São nos momentos de guerra
Ou nos intervalos entre os instantes de paz
Que os espíritos inquietos se revelam
Que espíritos nobres mudam de lado
Que espíritos antes românticos se tornam
[silenciosos
Que espíritos antes indomáveis se tornam
[temerosos
São nos momentos de guerra
Que corpos tombam
Que não nos reconhecemos
Que escolhemos esquecer o passado ou exaltá-lo
Então...
Talvez os momentos de guerra tenham alguma
[serventia
Muito além do confronto entre forças
Os momentos de guerra são reveladores
Ou essas palavras não teriam sentido
Nem ecoariam nessa noite fria
Atravessada pelas redes sociais

Sempre

Caminhando
Não encontro uma grota que me abrigue
Debaixo dos meus pés... memórias, eternas
[memórias
Ou covas rasas que retornam nas noites quentes
[ou frias
Diante delas...
Há um vazio
Anunciando o mesmo amanhecer
Então ouço um grito...
Um grito inaudível
Impossível de ser digitalizado

Converso

O celular toca
Vou ao seu encontro, digo alô
Ouço uma velha voz
Converso, desconverso, escrevo versos
Depois rasgo o papel
E deixo intacto o celular

Demônios

Enfrento todos os demônios
Menos um:
aquele que desencadeia sensações imaginárias
e arrepios de inveja.

Diante dele
e do dramalhão
sou a fraqueza
e a tontura dilacerante
com meu corpo errante
que não se contém.

Daí, bato em retirada
para me refugiar
na companhia de Ogum high-tech

Quinta-feira

Quinta-feira à noite,
dialogando com os alunos
sobre embriaguez, dor e arte em Nietzsche,
subjetivei-me
Ontem, diante da beleza de um sorriso...
me deixei embriagar objetivamente
pelo êxtase satírico
Hoje, ainda embriagado
poetizo-me
Amanhã...
aguardarei
ansiosamente pela borracha
para despoetizar
a embriaguez
do desencontro

Acordo

Entre minhas retinas e meu coração
Há um acordo implícito
Ou às vezes explícito
Um estranho e sincero acordo
Não revelado ao dono do corpo
Impossível censurar esse tratado
Ele ocorre na surdina
Acontece no silêncio inesperado
Na contramão
Acontece
Numa tarde
Num lapso
Num lugar
Numa batida do coração
Que o dono não sabe
Não permitiu
Penso que esse acordo deveria
Ser lacrado em cartório
Com o consentimento de todos os envolvidos.
Mas como...
Se o silêncio
As lágrimas digitais
E um quarto escuro
São as únicas testemunhas

Estranho ópio

Um delicado aroma emana do teu sorriso,
ou da sua presença.
Será ópio rompendo as barragens dos teus poros
[e enfeitiçando por onde passas?
Que feitiço é esse que deixaste como rastro?
Que estranha sensação...
E um mero reencontro, aguardado, converte-se
[num eclipse lunar
Naquela tarde
o ar tornou-se abafado, doce
Porém, as sensações mais mundanas foram
[congeladas
e o desalinho das palavras impróprias
[desapareceu
As mil razões antes camufladas que eu
[silenciava, agora autocensuradas
desequilibrando o equilíbrio profano que restava
Por isso... Não há explicação plausível quando o
[imaginário
é lançado no penhasco mais profundo
E com ele... o desejo improvável se arrebentando
[nas pedras,
pontiagudas como vorazes lâminas

Estratégia

Um desejo infindável
Afogou minhas memórias
Dilacerou meus membros
Era estratégia régia
Acabar assim
Cancelado!

Coordenação Editorial: **Sálvio Nienkötter**
Editor-Executivo: **Claudecir de Oliveira Rocha**
Editores-Adjuntos: **Daniel Osiecki | João Lucas Dusi**
Design Editorial: **Victoria Oswaldino (Edições Athena)**
Produção: **Cristiane Luiza Nienkötter**

Dados Internacionais de Catalogação na Publicação (CIP)
Angélica Ilacqua CRB-8/7057

Petean, Antonio Carlos Lopes
Pássaros Noturnos / Antonio Carlos Lopes Petean.—
Curitiba : Kotter Editorial, 2023.
74 p.

ISBN: 978-65-5361-254-9

1. Poesia Brasileira I. Título

23-5612 CDD B869.1

KOTTER EDITORIAL

Kotter Editorial Ltda.
Rua das Cerejeiras, 194
CEP: 82700-510 - Curitiba - PR
Tel. + 55(41) 3585-5161
www.kotter.com.br | contato@kotter.com.br

Feito depósito legal
1a Edição
2023